Beispielhaft klingen in dieser Erzählung ›Stolz der Toten‹ all die Themen an, die sich leitmotivisch durch das Gesamtwerk von Kenzaburō Ōe ziehen. In seinen Romanen, Erzählungen, Essays geht es immer um Ekel, Grausamkeit und vor allem und immer wieder um die moralische Labilität der Mitglieder der Nachkriegsgesellschaft. In der vorliegenden Erzählung fällt einem Romanistikstudenten und seiner Kollegin von der Anglistik eine besonders makabre Arbeit zu. In der Prosektur einer Universitätsklinik müssen sie Leichen aus einem Alkohol-Bassin in ein anderes umladen. (Die Studentin benötigt das Geld für die Kosten einer Schwangerschaftsunterbrechung – in Japan durchaus legal.) Nicht nur der Job ist widerwärtig, sondern auch der Auftraggeber, ein Medizinprofessor, der den Studenten schilt, es gehe ihm nur ums Geld, das er dringend benötige. Nach Beendigung der Arbeit erfahren die Werkstudenten, daß ihre Mühe vergeblich war. Die Leichen sollten gar nicht mehr zur Forschung oder Ausbildung verwendet, sondern im Krematorium verbrannt werden. Student und Studentin warten auf deren Abtransport. Und es bleibt ungewiß, ob ihnen ihr Arbeitslohn überhaupt ausbezahlt wird.

*Kenzaburō Ōe* wurde am 31. Dezember 1935 als drittes von sieben Kindern einer alteingesessenen Grundbesitzerfamilie auf der südlichen japanischen Hauptinsel Shikoku geboren; 1954 bis 1959 Studium der Romanistik an der Tokyo University; Abschlußarbeit über Jean-Paul Sartre; erste Veröffentlichung 1956; erhielt 1958 den renommierten Akutagawa-Preis; zahlreiche Auslandsreisen, dabei Begegnungen mit Mao Zedong und Sartre; seit den frühen sechziger Jahren aktives Mitglied der Anti-Atombomben-Bewegung und der japanischen Friedensbewegung; er ist Vater eines behinderten Sohnes, dessen Geschichte er in seinem weltberühmten Buch ›Eine persönliche Erfahrung‹ (1964) erzählt. Kenzaburō Ōe lebt in Tokyo. 1994 wurde er mit dem Nobelpreis für Literatur ausgezeichnet.

Erzähler-Bibliothek

# Kenzaburō Ōe
# Stolz der Toten
*Erzählung*

Aus dem Japanischen
von Margarete Donath
und Itsuko Gelbrich

Fischer
Taschenbuch
Verlag

Veröffentlicht im Fischer Taschenbuch Verlag GmbH,
Frankfurt am Main, Oktober 1994

Die Erzählung erschien erstmals unter dem Titel ›Shisha no ogori‹
in der Zeitschrift ›Bungei shunju‹, Tokyo 1958

Satz: Fotosatz Otto Gutfreund GmbH, Darmstadt
Druck und Bindung: Clausen & Bosse, Leck
Printed in Germany
ISBN 3-596-12866-8

# Stolz der Toten

In dunkelbraune Flüssigkeit getaucht, mit verschlungenen Armen, die Köpfe aneinanderdrängend, treiben wie eine einzige Masse die Toten herauf, um allmählich wieder zu versinken. Sie sind eingehüllt in ihre erdfarbene geschmeidige Haut, und obwohl die einzelnen den Eindruck einer strengen und kaum aufschließbaren Selbstbeharrung machen und ein jeder sich ganz auf sein eigenes Inneres zu konzentrieren scheint, reiben sie doch mit penetranter Zudringlichkeit ihre Körper aneinander. Die Leiber weisen so schwache ödemische Stauungen auf, daß man sie kaum wahrzunehmen vermag, und dies verleiht ihren Gesichtern mit den fest geschlossenen Lidern etwas üppig Wohlgeformtes. Durch die Verdunstung verbreitet sich ein heftiger Gestank, so daß die Luft in dem abgeschlossenen Raum zum Ersticken dick ist. Alle Geräusche bekommen von der sie aufsaugenden klebrigen Atmosphäre eine beson-

dere Schwere, als besäßen sie körperliches Volumen.
Die Toten flüstern unausgesetzt, plump und stammelnd; dabei überschneiden sich die Stimmen so, daß sie kaum unterscheidbar sind. Manchmal werden sie still und verfallen schlagartig in Schweigen; dann plötzlich setzt das Geraune von neuem ein. Mit einer gereizten Trägheit schwillt es an, wird leiser und auf einmal verstummt es abermals. Einer der Toten beginnt seinen Körper herumzuwälzen und von der Schulter her in die Tiefe der Flüssigkeit hinabzutauchen. Für eine Weile ragen nur seine erstarrten Arme über die Oberfläche hinaus; danach kommt er leise wieder hinaufgeschwommen.

Ich folgte dem Verwalter der Leichenaufbewahrung zusammen mit einer Studentin die dunkle Treppe hinunter, die unter der Aula der Medizinischen Fakultät in den Keller führte. Wenn die Studentin mit ihren feuchten Stiefelsohlen auf den abgenutzten Metallkanten der Treppenstufen ausrutschte, stieß sie jedesmal einen kleinen Schrei aus. Unten führte ein betonierter Korridor unter

der niedrigen Decke entlang in scharfer Wendung weiter. An der Tür am Ende des Ganges hing eine schwarze Holztafel mit der Aufschrift ›Leichenkonservierungsraum‹. Ein großer Schlüssel steckte im Schlüsselloch. Der Verwalter wandte sich um und sah mich und die Studentin herausfordernd an. Er war klein, gedrungen und kräftig und trug Gummimantel und Mundmaske. Mit schwerverständlicher Stimme sagte er etwas und blickte auf seine starken Beine hinab, die in Gummistiefeln steckten, aber ich schüttelte den Kopf. Sicher hätte ich auch Gummistiefel anziehen sollen. Ich nahm mir vor, am Nachmittag daran zu denken. Die Studentin hatte viel zu große Stiefel an – im Büro geliehen –, in denen ihr das Gehen offensichtlich schwerfiel. Ihre Augen zwischen dem in die Stirn fallenden Haar und der Mundmaske wirkten scharf wie die eines Raubvogels.
Durch die geöffnete Tür drang bleiches, wie die Morgendämmerung scheinendes Licht und dicke, alkoholgetränkte Luft. Auf dem Grund dieses Alkoholgeruchs lagerte ein noch schwereres, gleichsam aufgequollenes

Aroma, das sich aufdringlich in meinen Nasenschleimhäuten festsetzte. Der Geruch reizte mich, aber ich wandte den Kopf nicht ab, sondern blickte in den von weißem Licht erfüllten Raum.

»Setzen Sie die Maske auf«, sagte der Verwalter.

Ich nahm die Mundmaske aus der Tasche des Arbeitsmantels, den ich mir von einer Krankenschwester hatte anziehen lassen, und setzte sie schnell auf; sie roch nach trockener Gaze. Der Verwalter ergriff die Türklinke auf der Innenseite der Tür, wandte sich um und deutete mit einer Kopfbewegung auf mich: »Ekeln Sie sich jetzt schon?«

Die Studentin warf mir einen boshaften Blick zu. Ich fühlte mein Gesicht heiß werden, während ich den großen, weiß gefliesten Raum betrat. Meine Schuhe erzeugten ein lautes Geräusch, das vielfältig von den Wänden widerhallte und die Luft scharf zerschnitt.

Die Wände des Raumes waren sauber mit einer blendend weißen Kalkfarbe getüncht, nur an der außergewöhnlich hohen Decke zeigten sich verschiedene ölige Flecken. Eine Hälfte des Fußbodens war mit Fliesen ausgelegt. Dort standen vier Seziertische, angemessen flach und einsam. Ich ging auf einen der Tische zu und sah, daß die in weichem Glanz schimmernde Marmorplatte feucht war. Ich legte die Hände darauf, während ich die lange Wanne betrachtete, die an der gegenüberliegenden Wand den halben Raum einnahm. Sie war in mehrere Abschnitte unterteilt, und ihr etwa meterhoher Rand war mit den gleichen Fliesen belegt wie der Fußboden. Einige der Unterteilungen waren mit Deckeln geschlossen, andere nicht. Und da schwammen die Leichen, eingelegt in dunkelbraunem Alkohol.

Ich stand da und schaute. Schamhitze hatte tief in meiner Haut Wurzeln geschlagen und brannte. Über dem breiten Mundschutz, der mein Gesicht halb bedeckte, preßte ich die Handflächen gegen beide Wangen. Über meine Schultern hinweg schaute die Studentin auf die Leichen. Sie hielt die Luft an und überwand ein kurzes Schaudern.

»Das Licht ist zwar nicht gut, aber es genügt«, sagte der Verwalter. »Wenn schon am frühen Morgen elektrisches Licht brennt, schimpfen die im Büro. Das wird bei Ihnen in der Philosophischen Fakultät nicht anders sein.«

Ich nickte und blickte hinauf zu dem länglichen Kellerfenster unter der hohen Decke. Durch das verschmutzte Glas fiel weißes, wäßriges Licht. Wie an einem bewölkten Wintermorgen, dachte ich. Bei solchem Licht bin ich morgens oft durch den Nebel gegangen. Der Nebel dringt in den Mund wie ein Tier, er bläht sich auf und reizt zum Husten oder Lachen. Ich spürte mein Gefaßtsein zurückkehren und richtete den Blick auf die Wanne.

Im weißen Licht lagen die Toten unbewegt. Ich sah, daß das Licht des Kellerfensters ihrer nackten Haut einen Anflug von Spannkraft verlieh. Würde diese Haut, wenn man sie mit dem Finger berührte, weichen Widerstand leisten, als drückte man das Knie eines Wassersüchtigen?

»Ein Licht wie im Winter«, sagte ich. Dabei war die Welt jenseits des Kellerfensters vom klaren Licht und der Luft des Frühsommers übergossen, auch der Himmel war heiter. Ich war unter buschig belaubten Gingobäumen entlanggegangen, als ich über den Pflasterweg ins Büro der Medizinischen Fakultät kam.

»Hier ist es das ganze Jahr über so«, sagte der Verwalter, »auch im Sommer ist es nicht heiß, sondern immer kühl. Es kommt vor, daß Studenten mit Stühlen hier hereinkommen, um sich abzukühlen.«

Ich spürte wohlig, wie tief unter der Wangenhaut die Hitze verging.

»Die Gummihandschuhe bindet man über den Ellbogen fest«, sagte der Verwalter. »Wenn Alkohol in die Handschuhe kommt, kann man nicht richtig arbeiten.«

Ich band die lehmfarbenen Handschuhe sorgfältig fest. Innen haftende Wassertröpfchen benetzten meine Handflächen und Handgelenke.

»Die Handschuhe müßten nach dem Waschen besser getrocknet werden. Die Schwestern haben das mal wieder versäumt«, sagte der Verwalter, während er seine stark behaarten, dicken Hände in die Handschuhe steckte.

»Ich dachte, es stänke noch mehr hier«, sagte die Studentin.
»Was?« Der Verwalter wandte sich nach der Studentin um. »Das kommt noch.«
Ich sah, daß die Studentin zögerte, weil sie den rechten Handschuh nicht richtig schließen konnte. Ich half ihr. Sie hatte eine weiche, große Hand.
»Was ist mit den Schuhen?« fragte der Verwalter.
»Nach der Mittagspause ziehe ich mich um.«
»Stiefel sind unbedingt nötig. Wenn der Alkohol auf die Haut dringt, stinkt sie lange«, sagte der Verwalter drohend. »Besonders zwischen den Zehen gibt das einen penetranten Geruch.«
Ich ging auf die Wanne zu, als hätte ich die Worte des Verwalters nicht gehört. Wo die Fliesen ein wenig verfärbt waren, stützte ich die Hände auf den Wannenrand, während ich die im Alkohol konservierten Leichen betrachtete. Als mir im Büro der Medizinischen Fakultät die Arbeit erläutert worden war, hatte der Angestellte gesagt, es seien etwa dreißig Stück. Die Leichen, die hier an

der Oberfläche schwammen, übertrafen jedoch offensichtlich diese Angaben.

»Schwimmen darunter noch mehr, und gibt es auch solche, die ganz auf den Boden gesunken sind?« fragte ich.

»Die Leichen, die oben schwimmen, sind relativ frisch. Die alten Leichen sinken stets auf den Grund. Aber die Studenten möchten für die Anatomieübungen immer frische Leichen haben.«

»Was nennen Sie alte Leichen? Wie viele Jahre sind die schon hier?« fragte die Studentin.

»Die Leichen unter diesem Deckel sind fünfzehn Jahre hier«, sagte der Verwalter und streckte seinen kurzen Arm aus. »Auf dem Grund liegen unzählbar viele. Diese Wanne ist seit der Zeit vor dem Kriege nicht mehr gereinigt worden.«

»Warum sollen sie jetzt in die neue Wanne umgesetzt werden?« fragte ich.

»Wahrscheinlich hat das Kultusministerium Geld gegeben«, antwortete der Verwalter mißbilligend. »Aber das Umsetzen ändert nichts.«

»Woran?«

»An den Leichen.«
»An denen ändert sich nichts«, stimmte ich zu.
»Das Umsetzen ist nur eine Belastung.«
»Eine große Belastung, das stimmt.«
Doch diese Arbeit war für mich mehr als eine Belastung. Als ich am vorhergehenden Nachmittag am schwarzen Brett las, daß ›zum Ordnen der in Alkohol konservierten Leichen der Anatomie Hilfskräfte gesucht‹ würden, ging ich sofort zum Büro der Medizinischen Fakultät. Ich fürchtete, daß ich als Student der Philosophischen Fakultät nicht genommen würde, aber der zuständige Angestellte war sehr in Eile. Er sah sich meinen Studentenausweis gar nicht richtig an, stellte mich gleich dem Verwalter des Konservierungsraumes vor und sagte, die Arbeit werde voraussichtlich einen Tag dauern. Als ich das Büro verließ, sah ich hinter der Tür die Studentin stehen, die darauf wartete, hereingerufen zu werden. Ich hatte sie hin und wieder in Anglistikvorlesungen gesehen. Wir grüßten uns, aber ich kam nicht auf den Gedanken, daß sie sich auch um diese Arbeit bewerben würde.

»Um neun Uhr fangen wir an«, sagte der Verwalter und blickte auf die Uhr, die hoch oben an der Wand hing, wo meine Augen, die sich inzwischen an die Dunkelheit gewöhnt hatten, gerade noch Unebenheiten im Verputz feststellen konnten. »Vorher rauchen wir noch eine.«
Ich sagte zu dem Verwalter, der sich auf einen der Seziertische gesetzt hatte und zu rauchen begann: »Für wen ist diese Uhr? Man könnte denken, sie sei für die Toten hier.«
»Jeder, der zum erstenmal in diesen Raum kommt, sagt irgendwelchen Unsinn«, meinte der Verwalter und ließ zwischen seinen aufgeworfenen Lippen die Zigarette naß werden. »Ich arbeite nämlich schon dreißig Jahre hier.«
Die Studentin hob die Schultern und lachte lautlos. Ich schwieg und blickte durch den Raum. Innen an der Eingangstür und an der Tür zum Nebenraum hingen Holztafeln mit dem sauberen Aufdruck ›Eintritt verboten‹ und ›Rauchen verboten‹. In der Wanne waren die Leichen zusammengedrängt, teils oben schwimmend und teils zu Boden ge-

sunken. Bei ihrem Anblick stockten mir die Worte in der Kehle, bis ich sie herausschleuderte:

»Die Leichen müssen sich ja ganz verloren fühlen, wenn sie so jahrelang in Form gehalten und im Keller konserviert werden.«

»Im Gegenteil«, sagte der Verwalter, »ganz im Gegenteil. Es muß kein schlechtes Gefühl sein, jahrzehntelang in so einer Wanne unterzutauchen und gelegentlich wieder emporzuschwimmen. Einen Körper zu haben, ist eine feine Sache.«

»Vielleicht lasse ich mich auch einmal in so eine Wanne tauchen.«

»Dann gebe ich mir Mühe, Sie auf den Grund zu schieben.«

»Ich bin erst zwanzig, da wird es nicht so bald sein.«

»Es kommen auch viele Junge«, sagte der Verwalter. »Aber sie werden immer gleich von den Anfangssemestern mitgenommen. Man müßte dafür eine neue Regelung treffen.«

Ich fuhr mit dem Arm durch den Seitenschlitz meines Arbeitsmantels und holte aus

der Tasche der Studentenuniform meine Armbanduhr, um sie mit der Wanduhr zu vergleichen; sie ging fünf Minuten vor. Sie zeigte neun Uhr.
»Ob wir diese Arbeit an einem Tag schaffen?« fragte ich. »Schon für die Leichen, die obenauf schwimmen, braucht man ziemlich lange.«
»Die Leichen, die auf dem Grund liegen, werden von Arbeitern der Universitätsklinik weggeschafft, wenn der Alkohol abgelassen ist. Die unteren sind unbrauchbar. Unsere Arbeit ist nur, alles, was sich als Unterrichtsmaterial für die Anatomie eignet, in die neue Wanne dort drüben umzusetzen. Was auf dem Grund liegt, weiß man gar nicht.«
»Ist das tief?« fragte die Studentin und blickte in den dunkelbraunen Alkohol zwischen den Körpern. »Es sieht schrecklich tief aus.«
Ohne darauf zu antworten, stieg der Verwalter vom Seziertisch und klatschte in die dicken behandschuhten Hände. Das gab ein seltsam hohles Geräusch. »Zu dumm, wenn man diese Gummihandschuhe nicht

richtig trocknen läßt und alles klebt«, sagte der Verwalter. Er beugte seinen kräftigen, von glanzloser sonnenverbrannter Haut gespannten Nacken und bewegte herausfordernd seine Finger in den Handschuhen.

So unangenehm ist es gar nicht, mit diesem Mann zusammenzuarbeiten, dachte ich erleichtert. Die Stirn des Verwalters war von tiefen Falten bedeckt, die sich beim Lachen auf und ab bewegten. Er schien an die fünfzig zu sein. Seine Frau war vermutlich kaum jünger, und sein Sohn mochte Fabrikarbeiter sein. Sicherlich war er stolz, bei einer staatlichen Universität an der Medizinischen Fakultät beschäftigt zu sein. Ab und zu zog er vielleicht einen ordentlichen Anzug an, um in einem weit abgelegenen Stadtteil ins Kino zu gehen.

»Ich hole den Leichenwagen«, sagte der Verwalter und spuckte die Zigarette aus.

»Ich komme mit«, sagte die Studentin.

»Sie können die Nummernschilder und das Register holen«, sagte der Verwalter zu ihr und wandte sich dann an mich: »Gehen Sie schon zur Wanne hinüber und schauen Sie sie an.«

Als der Verwalter mit der Studentin gegangen war, öffnete ich die Tür zum Nebenraum. Sie knarrte nicht, ließ aber weißen Farbstoff herabrieseln. Da sie sich nicht feststellen ließ, hob ich im Korridor ein Stück Papier auf und klemmte es unter die Tür. Drüben war ein kleineres Zimmer mit einer neuen Wanne, die mit einem weißlich trüben Alkoholgemisch gefüllt war. Das Licht aus dem hohen Kellerfenster ließ die Wanne neblig weiß leuchten. Sie wirkte geräumig, da keine Leichen darin waren. Ich versuchte, durch die Flüssigkeit hindurchzusehen, wie tief die neue Wanne sei, aber die Flüssigkeit hielt das Licht zurück wie ein undurchsichtiger Schleier. Ich ging in den Nebenraum mit der alten Wanne zurück. Obwohl ich auf meine Schritte achtete, schallten sie laut.

Der Verwalter und die Studentin waren noch nicht zurück. Zum erstenmal war ich mit den unzähligen Toten allein. Die Hände auf einen der Seziertische gestützt, stand ich lange da, bis ich auf die Wanne zuging.

Die Toten lagen regungslos in der braunen Flüssigkeit. Ich bemerkte, daß sie verschiedenen Geschlechts waren. Ein kleiner Körper, mit dem Kopf tief in die Flüssigkeit getaucht, streckte Rücken und Gesäß in die Luft: es war eine Frau. Ein anderer Körper, dessen Arm gegen den Deckel gestemmt war, hatte eine männlich kräftige, eckige Kinnlade. An seinem Kopf scheuerte sich, unnatürlich hoch aufgebäumt, ein Körper mit den krausen Schamhaaren einer Frau. Aber das Geschlecht unterschied diese Toten kaum. Alle waren sie zusammengeschrumpft und hatten die gleiche Erdfarbe. Die Haut hatte ihre Leuchtkraft verloren und war, je nachdem wieviel sie von der Konservierungsflüssigkeit aufgesogen hatten, entsprechend verdickt.

Solch ein Toter ist anders als einer, der gleich nach dem Tod eingeäschert wird, dachte ich. Die Toten in der Wanne hier haben sich gleichsam zu Dingen verdichtet, sind kompakte Gegenstände geworden, losgelöst vom Leben. Ein Toter, der schnell eingeäschert wird, ist nicht so gegenständlich, dachte ich, er ist weder Gegenstand noch Bewußtsein, sondern geht über in einen undefinierbaren Zwischenzustand.

Bei eiliger Einäscherung bleibt ihnen keine Zeit, gegenständlich zu werden. Die Toten, die die Wanne füllten, hatten diesen gefährlichen Übergangszustand überwunden. Ich betrachtete mir diese Gegenstände. Sie wirkten hart und fest. Sie waren konkret wie der Boden, die Wanne oder das Kellerfenster. Ich fühlte, wie ein leises Beben durch meinen Körper ging.

Ja, schienen sie zu sagen, wir sind Gegenstände, und sehr präzis gemacht. Wer eingeäschert wird, hat keine Maße und kennt nicht das sichere Gefühl der Schwere.

So verhält es sich, dachte ich. Der Tod ist gegenständlich. Bisher hatte ich den Tod nur unter dem Aspekt des Bewußtseins betrachtet. Doch nach dem Aufhören des Bewußtseins wird der Tod gegenständlich.

Ich betastete mit den Gummihandschuhen prüfend das harte Oberschenkelfleisch einer etwa vierzigjährigen Frau, deren Körper an den Wannenrand stieß. Das Fleisch gab nach, wenn auch ohne Elastizität.

Als ich noch lebte, waren meine Schenkel besser geformt, vielleicht wirken sie jetzt zu lang.

Sie ist gut gewachsen, dachte ich und stellte mir vor, wie diese Frau in einem leichten Sommerkleid über den Boulevard ging.
Die Tür aufstoßend, kam die Studentin mit einem kleinen Karteikasten unter dem Arm herein. Hastig, als hätte ich etwas Unerlaubtes getan, trat ich von der Wanne zurück. Gleich darauf kam der Verwalter, der einen weißlackierten Wagen schob.
Der Wagen war so lang, daß man einen großen Mann daraufladen konnte. Er erinnerte mich an die fahrbare Bahre, auf die man mich legte, als ich zur Blinddarmoperation gebracht wurde. Aber dieser Wagen war viel nackter, weißer und mit mehr Mechanik versehen. Er hatte sieben gummibereifte Räder, auf denen er weich rollte. Neben einem der Seziertische blieb er stehen. Der Verwalter trug über der Schulter eine dünne Bambusstange, deren eines Ende mit einem Gummistöpsel abgeschlossen war.
»Was ist denn das?« fragte ich ihn, als er die Bambusstange an die Wand lehnte.
»Um die Leichen heranzuziehen. Die Stange wird schon seit Jahren benutzt, sie ist sehr praktisch.«

Der Verwalter nahm die Stange, die er eben abgestellt hatte, wieder auf und wog sie in beiden Händen, während er nach der Wanne sah. Er wirkte selbstsicher und erfahren wie ein Techniker, mußte ich staunend zugeben. Anscheinend war er stolz auf seine Arbeit. Wir Menschen sind Geschöpfe, die auf die seltsamsten Dinge stolz sein können.

Die Studentin brachte den Karteikasten in den Nebenraum mit der neuen Wanne und schien unschlüssig, wohin sie ihn stellen sollte.

»Es geht los«, sagte der Verwalter und reichte der Studentin die Bambusstange. Sie nahm sie und warf sie einfach auf einen Seziertisch.

Die Arbeit war leicht. Trotzdem brauchten wir ziemlich viel Zeit, um eine Leiche umzusetzen. Es beanspruchte allerdings wenig Aufmerksamkeit, und ich hatte mir schon nach kurzer Zeit Routine angeeignet.

Der Wagen stand längs neben der glattgekachelten Wanne, und seine Platte, auf die wir die Leichen luden, war genau so hoch wie die Wanne. Der Verwalter und ich standen

an den beiden Schmalseiten des Wagens und suchten, seitlich über die Wanne gebeugt, die Leiche heraus, die wir dann an Schultern und Schenkeln packten und herausholten. Die Leichen, tropfend vom braunen Alkoholgemisch, waren alle steif wie Bretter und leicht zu handhaben. Wir legten sie mit dem Rücken nach unten auf den Wagen, den wir dann langsam zwischen den Seziertischen hindurch in den Nebenraum mit der neuen Wanne rollten. An deren Rand stellten wir den Wagen wieder ab, hoben die Leiche an und ließen sie in die weißliche Alkohollösung gleiten.
Der Körper versank sofort, kam aber gleich darauf langsam wieder emporgeschwommen. Dann kauerte die Studentin nieder, nahm ein Holzschild mit eingebrannten Buchstaben und Zahlen aus dem Kästchen und packte die Leiche an der Ferse. Hing am rechten Fuß ein altes Holzschild, band sie das neue Schild an die große Zehe des linken Fußes, im umgekehrten Fall an die des rechten Fußes. Wenn die Studentin die Ferse der Leiche, die mit dem Kopf tief in der Wanne steckte und nur die Füße her-

ausstreckte, losließ, schwamm die Leiche auf die Mitte der Wanne zu. Danach trug die Studentin mit Bleistift die alte und die neue Nummer in großen Ziffern ins Register ein.

Diese monotone Arbeit wiederholten wir in schweigender Ausdauer. Auf dem gefliesten Boden zwischen der alten und der neuen Wanne bildete sich ein nasses braunes Band, auf dem der Wagen leicht rutschend und quietschend gemächlich hin und her rollte.

Einige der Leichen waren sehr schwer, andere wiederum sehr leicht. Der Körper eines etwa vierzigjährigen Mannes war ungewöhnlich leicht und schwebte in der neuen Wanne auffallend frei, aber erst durch die Verwirrung der Studentin, die vergebens nach der Ferse haschte, um die Holztafel festzubinden, bemerkte ich, daß die Leiche nur ein Bein hatte.

Ich achtete nicht sonderlich auf die Leichen, die auf der Wagenplatte lagen. Sie ähnelten einander alle, und es waren keine besonders ausdrucksvollen Gesichter darunter, die meine Aufmerksamkeit auf sich gelenkt hätten, und da der abgestandene klebrige Geruch der Toten unter dem scharfen Alkoholgeruch mir trotz der Gesichtsmaske sehr zusetzte, hatte ich beim Umladen meist das Gesicht von ihnen abgewandt. Daher kam es auch, daß einmal der Arm einer Leiche zu weit über den Wagen hinausragte und an einen der Seziertische stieß, wobei der Wagen beinahe umgekippt wäre.

Als wir eine junge Tote, deren Arme steif ausgebreitet waren, auf den Wagen luden, lag sie dort unsicher wie eine Kugel und drohte sogleich wieder herunterzurollen. Der Verwalter packte die Arme, die starren Widerstand leisteten und wie Holz knackten, und bog sie mit beiden Händen zusammen, bis sie auf dem Unterleib verschränkt waren. Danach rieb er sich die Stirn am Ärmel des Gummimantels, um den Schweiß abzuwischen, nickte mir zu, und wir schoben den Wagen. Als wir diese Leiche in die neue Wanne gleiten lassen wollten, rutschten mir deren Oberschenkel aus den nassen Handschuhen, und wir wurden mit Alkohol bespritzt.

»Passen Sie doch auf«, sagte der Verwalter

ärgerlich. »Sehen Sie, mir ist etwas in die Stiefel gelaufen.«

Auch der Studentin war Alkohol an den Gummimantel gespritzt. Sie wischte ihn mit den Gummihandschuhen ab und blickte mich vorwurfsvoll an.

»Das rutscht sehr leicht«, sagte ich. »Eigentlich hatte ich fest zugefaßt.«

»Die frischen rutschen besonders leicht«, sagte der Verwalter und verfolgte aufmerksam den Körper, der in der Wanne untergetaucht war und nur zögernd wieder emporkam. Als die Frau endlich an die Oberfläche kam, packte er die Ferse, nahm von der Studentin ein Nummernschild entgegen und band es behende fest. Dann schob er den Körper mit großer Geste von sich und sagte: »Wenn das Nummernschild abgeht, hat man später Scherereien. Man darf sie nicht roh behandeln.«

»Ganz recht«, antwortete ich. Daß er sagte, man dürfe sie nicht roh behandeln, fand ich merkwürdig. Vielleicht hielt er es nicht für roh, die Arme der Leiche zu packen und so zu biegen, daß die Knochen krachten. Ihm ging es nur darum, daß das Nummernschild

an der aufgeschwollenen Zehe nicht beschädigt würde oder gar verlorenginge.
»Man darf sie wirklich nicht roh behandeln«, bestätigte ich ironisch und zog den Wagen mit einer Hand.
»Das ist wichtig«, sagte der Verwalter.
Als die Wanduhr zwölf Uhr mittags zeigte, hatten wir erst zehn Leichen in die neue Wanne umgesetzt. Wir hörten die Uhr gemächlich die Stunde schlagen, während wir eine kleine kräftige Leiche auf den Wagen luden.
»Das ist die einzige Uhr in der ganzen Universität, die noch die Stunden schlägt«, sagte der Verwalter.
»Es hört sich seltsam an.«
»Wieso?«
Ich spürte starken Hunger. Aber dann stellte ich mir vor, wie es wäre, wenn das Mittagessen vor mir stünde, sicher hätte ich dann plötzlich keinen Appetit mehr.
»Das war ein Soldat«, sagte der Verwalter mit einem Blick auf die Leiche, die längs der Wanne auf dem Wagen lag.
»Gegen Kriegsende wollte er desertieren und wurde dabei von einem Posten erschos-

sen. Er wurde eigentlich zur Obduktion gebracht, aber durch die Kriegswirren wurde nichts daraus. Ich kann mich noch gut daran erinnern, wie man diesen Mann hierher brachte.«

Ich sah, daß der Soldat an schmalen Handgelenken kräftige Hände hatte. Sein Kopf wirkte winzig klein, wie bei all den anderen Toten auch. Die Köpfe der Toten wirken kleiner als die der Lebenden und weniger gewichtig, sie lenken weniger Interesse auf sich als die Brust und der geschwollene Unterkörper. Ich zwang meine Vorstellungskraft zum Arbeiten und dachte mir, daß dieser Mann wohl zu Lebzeiten einen schüchternen, ernsten Gesichtsausdruck hatte, als er eines Nachts vor zehn Jahren den mutigen Entschluß zum Desertieren faßte.

»Wenn wir mit dem fertig sind, essen wir«, sagte der Verwalter. »Machen Sie das Nummernschild fest!«

Die Studentin zögerte und hatte offenbar Angst, als letzte noch beschäftigt zu sein und allein gelassen zu werden.

»Ich mach's fest.«

»O ja, bitte«, sagte die Studentin, gab mir rasch das hölzerne Nummernschild und lief dem Verwalter nach zur Tür.

Als ich in der Alkohollösung, die schon begonnen hatte, sich braun zu färben, nach der Ferse des Soldaten tastete und ärgerlich zufassen wollte, glitt mir die Holztafel durch die Finger der Gummihandschuhe und fiel in die Wanne. Wohin sie gefallen war, ließ sich nicht mehr feststellen. Während ich mit der linken Hand die Ferse des Soldaten hielt, suchte ich zwischen den dicht aneinandergepreßten Körpern der Leichen. Der Soldat fühlte sich hart an.

Du willst wohl desertieren, weil du hier fest eingekerkert bist?

Das habe ich nicht vor, auch wenn andere das manchmal tun.

Das glaube ich dir nicht recht.

»Wollen Sie Brot zum Mittagessen?« fragte die Studentin, den Kopf zur Tür hereingestreckt.

»Ich habe die Holztafel verloren und suche noch danach. Ich komme gleich. Dann hole ich mir selbst mein Essen.«

Ob du es glaubst oder nicht, es sind schon

manche von hier in ihrer lehmfarbenen Haut die Treppe hinaufgegangen. In diesem Raum kommt man auf mancherlei Gedanken. Aber ich bleibe hier.

Zwischen dem Arm und der Hüfte des Soldaten schwamm die Holztafel. Ich schob die Hüfte beiseite und nahm die Tafel. Der Soldat sank mit der Schulter in den Alkohol und drehte sich langsam, bevor er wieder hochschwamm. In seiner Seite entdeckte ich eine Einschußstelle, an der sich die Haut, dunkler und dicker als am übrigen Körper, zusammengezogen hatte wie welke Blütenblätter.

Niemand ist eine so überzeugende Mahnung an den Krieg wie ich, denn ich ruhe hier so, wie ich getötet wurde. Aber du warst im Krieg sicher noch ein Kind?

In dieser Zeit, in der langen Kriegszeit, wuchs ich heran, damals, als die einzige Hoffnung im elenden Alltag war, daß der Krieg aufhören möge. Von dieser Hoffnung war ich angefüllt bis zum Ersticken, und ich war sterbenskrank. Als der Krieg zu Ende ging, mußte er in den Herzen der Erwachsenen verdaut werden, und das unverdaulich

Harte wurde ausgeschieden. Aber ich nahm an diesem Vorgang noch nicht teil, und das gespannte Hoffen schwand uns ganz allmählich dahin.
Eure Hoffnung war eine schwere Verantwortung für uns. Doch der nächste Krieg ist eure Sache.
Ich hob das rechte Fußgelenk des Soldaten hoch und band die Holztafel an die dicke große Zehe, die einmal gutgeformt gewesen sein mußte.
Der nächste Krieg wird beginnen, ob wir wollen oder nicht, und dann werden wir im Strom der leeren Hoffnung ertrinken.
Ihr Jungen müßt euch mehr um die Politik kümmern!
Die Politik?
Ihr seid es, die den nächsten Krieg beginnen werden! Wir Toten können nur noch zuschauen und kritisieren.
Auch wir haben die Pflicht, zu urteilen und zu kritisieren. Der Haken ist nur, daß man dabei ums Leben kommen kann. Und von den Toten kann ja nur eine ausgewählte Minderheit in eine solche Wanne gelangen, nicht wahr?

Ich betrachtete den schlichten, athletenhaften Kopf des Soldaten, einen wohlgeformten Kopf mit kurzgeschnittenem Lockenhaar. Mir war, als habe der Soldat mit kräftiger aus dem Innern seines Leibes tönender Stimme gesprochen, indem er den dichten Stoppelbart um die Lippen und die angrenzende trockene Haut bewegte wie ein Hase beim Kauen. Aber seine Augen blieben ausdruckslos und gaben ihm einen verschlagenen Ausdruck.

Nachdem ich mich überzeugt hatte, daß das Schild ›F 5‹ auf der Oberseite seiner großen Zehe gut festsaß, ließ ich die Ferse los und schob den Körper mit kräftigem Stoß in die Wanne hinaus. Das kleine Kinn nach oben gereckt, bewegte sich der Soldat gemächlich vorwärts, wie ein riesiger Dampfer ins Weite.

Oben im Verwaltungsbüro war nur der Verwalter, der sich aufs Sofa gelegt hatte. Daneben lagen der Arbeitsmantel und die Handschuhe der Studentin.

»Wo ist sie?« fragte ich.

»Sie ist in den Waschraum gegangen, um sich die Hände zu waschen.«

Ich zog den Gummimantel und die Handschuhe aus, rollte sie zusammen und legte sie auf einen Holzstuhl. Dann ging ich nach draußen. Ich schritt über das dunkle Steinpflaster der Vorhalle und trat in die Tageshelle hinaus. Die Luft war frisch, und alles schien von einem neuen Licht übergossen zu sein. Das Gefühl frischer Lebenskraft, das man nach getaner Arbeit hat, erfüllte mich. Über meine Hände und Finger strich der Wind und gab mir ein sinnliches Wohlgefühl. Die Haut meiner Finger atmet ganz natürlich, dachte ich.
Ich stieg den abschüssigen, mit grauen Ziegeln gepflasterten Weg vor der Universitätsklinik hinab. Vor den geschlossenen niedrigen Fenstern des gerichtsmedizinischen Hörsaals wucherte ein Laubbaum mit breiten weichen Blättern, die in sattem Grün leuchteten. Im Vorbeigehen streifte ich mit den Schultern die herabhängenden Zweige. In der Allee gingen die Patienten der Universitätsklinik in Schlafanzug und dicken Pantoffeln spazieren, sie schienen Karauschen zu gleichen, die im harten Wasser des Frühjahrs munter schwammen. Ich dehnte

die Brust und atmete beim Gehen tief ein. Ein Gefühl von Gesundheit durchlief mich in Wellen sinnlichen Erschauerns. Ich bückte mich, um die Schnürsenkel zu binden, und war mir erleichtert bewußt, daß ich jetzt von den Toten weit entfernt war. Ich freute mich über die frische Geschmeidigkeit meines Körpers und glaubte, daß meine Augen über den geröteten Wangen glänzten wie feuchte Eicheln.

Eine Krankenschwester in mittleren Jahren kam den steilen Weg herab. Sie schob einen Rollstuhl mit einem Jungen, dessen Körper in einem Gipsverband steckte. Sie fuhren an mir vorbei. Ich klopfte mir den Staub von der Hose, richtete mich auf und blickte der Krankenschwester nach, deren Schultern sich ruhig auf und ab bewegten. Auf dem ordentlich gebürsteten Haar des Jungen lag ein goldener Schimmer.

Ich hätte die beiden gern heiter angesprochen, aber es blieb beim bloßen Vorsatz. Ich holte sie ein und ging neben der Schwester her. Sie zeigte mir ein freundliches Lächeln, und um es zu erwidern, berührte ich lächelnd die eingegipsten Schultern des Jun-

gen. Vielleicht würde er mich für einen netten älteren Freund halten und sich darüber freuen.
So ging ich ein paar Schritte nebenher und schaute dann erst dem Jungen ins Gesicht. Es war kein Junge. Ein etwa vierzigjähriger Mann, auf dessen Stirn die Adern hervortraten, blickte mich mit verärgerten, zornigen Augen an. Während sein festgestellter Kopf geradeaus gerichtet blieb, waren in seinem Gesicht die haßerfüllten Augen, soweit es ging, nach rechts gedreht.
Ich blieb stehen. Die beiden gingen weiter durch die von hellem Licht erfüllte Luft.
Ich stand unschlüssig da und spürte plötzlich eine lähmende Müdigkeit meinen ganzen Körper befallen. Der Mann im Rollstuhl war ein lebendiger Mensch. Und ich empfand schmerzlich, daß dieser lebendige, von Bewußtsein beseelte Mensch einen dicken Schleier von Schleim um sich hatte und mich ablehnte. Heute morgen hatte ich die Welt der Toten betreten. Und nachdem ich nun wieder zu den Lebenden zurückgekehrt war, wurde alles schwierig, wie dies mein erstes Stolpern bewies. Ich hatte die

unheilvolle Ahnung, zu tief in diese Arbeit eingedrungen zu sein und mich nie mehr ganz davon lösen zu können.

Aber ich wollte den Nachmittag weiterarbeiten, denn ich brauchte den Lohn. Ich begann zu laufen, rannte trotz Seitenstechen den ganzen Weg zum Waschraum. Die Studentin stand barfuß auf dem Zementboden und ließ Wasser auf ihre Füße laufen.

»Warum sind Sie so gerannt?« fragte die Studentin, weil ich ganz außer Atem war.

»Ich habe von klein auf immer mal Lust zu rennen«, sagte ich.

»Sie sind noch jung«, sagte die Studentin, ohne zu lächeln.

Ich betrachtete ihr breites Gesicht mit der groben gelben Haut. Die Studentin wirkte erschöpft, alle Aufmerksamkeit war aus ihrem Gesicht gewichen. Sie mochte etwa zwei Jahre älter sein als ich.

»Ich sehe schlecht aus, nicht wahr?« fragte sie und blickte mich hart und ohne Wimpernschlag an. »Das kommt von der Schwangerschaft.«

»Was?«

Die Studentin ließ unbekümmert Wasser

auf ihre hohen Fußrücken laufen. Ich zog die Strümpfe aus und trat auf den Zementfußboden. Dann drehte ich den nächsten Wasserhahn auf und ließ den Wasserstrahl auf meine Zehen und Fersen spritzen. Ich fragte zurückhaltend:

»Macht es Ihnen denn nichts aus, diese Arbeit zu tun? Ist das nicht ungesund?«

»Ich weiß nicht«, sagte sie.

Ich krempelte die Ärmel hoch und wusch mir gründlich die Hände. Sie gab mir schnell ein Stück Seife, ehe sie auf die trockene Zementstufe stieg, um ihre Füße in der Sonne trocknen zu lassen.

»Ihr Männer könnt unsere Gefühle nicht verstehen«, sagte sie. Ich betrachtete sie schweigend, wie sie ihre trotzig verschlossenen schmalen Lippen mit dem Handrücken abwischte.

»Was man empfindet, wenn man plötzlich schwanger ist und sich selbst zu einer häßlichen Figur werden sieht, das könnt ihr nicht verstehen.«

»Es mag schon sein, daß wir das nicht verstehen«, sagte ich verwirrt.

»Seit ich schwanger bin, ist mein Leben von

abscheulicher Erwartung erfüllt. Das ist mir fast unerträglich.«

Ich zog ein großes Taschentuch aus der Tasche und trocknete mir die Füße ab: »In diesem Fall müßte man einen Eingriff machen lassen.«

»Das will ich auch. Dazu verdiene ich mir die Operationskosten«, sagte sie.

»Wenn Sie genug verdienen, nehmen Sie sich möglichst ein gutes Krankenzimmer!«

»Ach, meine Freundin ist nach der Abtreibung angeblich sofort mit dem Fahrrad heimgefahren.«

Wir lachten beide gepreßt und gingen zum Gebäude der Medizinischen Fakultät zurück.

»Was würde denn daraus, wenn ich nichts unternähme?« fragte sie. »Das wäre doch eine schreckliche Verantwortung, wenn ich jetzt die Monate vergehen ließe, ohne etwas zu unternehmen. Ich fühle mich selbst schon unsicher und im Zweifel über den Sinn meines Lebens, und da soll ich noch ein Ungewisses mehr ins Leben setzen? Die Verantwortung beim Gebären ist genauso schwer wie die bei einem Mord.«

»Sie unternehmen ja etwas«, sagte ich unsicher. »Sie haben sich entschlossen, in die Klinik zu gehen und es beseitigen zu lassen. Und um das zu bezahlen, machen Sie jetzt diese Arbeit.«

»Ich kann nicht anders, als dieses Wesen vernichten. Es mag das Recht haben, groß und stark zu werden wie ein Ringer, und ich weiß nicht, ob ich darüber entscheiden darf. Mag sein, daß ich im Begriff bin, etwas Falsches zu tun.«

»Sie haben jedenfalls nicht vor, es zur Welt zu bringen?«

»Nein.«

»Dann ist die Lösung einfach.«

»Für euch Männer schon«, sagte sie scharf. »Aber alles spielt sich in meinem Unterleib ab, ob es nun getötet wird oder ob man es heranwachsen läßt. Das gibt eine Wunde, und mir bleibt die Narbe.«

Ich schwieg und verwahrte mich gegen ihren Ärger, der beinahe greifbar auf mich zukam. Was tief in ihrem Unterbewußtsein verwurzelt zu sein schien, war mir unverständlich und berührte mich nicht.

»Für mich gibt es keine Möglichkeit, ohne

eine Wunde davonzukommen. Ich habe schon nicht mehr die Freiheit, einen Weg zu wählen, der mir gefällt.«

»Das ist schlimm«, sagte ich und unterdrückte ein Gähnen.

»Ja, das ist schlimm«, sagte die Studentin plötzlich ernüchtert. »Das ist unerträglich.«

Nach dem Mittagessen ging ich mit dem Verwalter wieder in den Leichenkeller. Die Studentin, die noch aufzuräumen hatte, ließen wir oben. Jetzt standen ein Professor und zwei Studenten um den Seziertisch im Raum mit der alten Wanne. Als ich hinzutreten wollte, machte der Professor eine zurückweisende Geste. Sie standen an der Wanne und schauten auf den Operationstisch, auf dem die frische Leiche eines etwa zwölfjährigen Mädchens lag. Ihre Beine waren mir gegenüber breit geöffnet, und einer der Studenten injizierte dort nach Anweisung des Professors Farbstoff und Formalin, um das Blut zu konservieren.

Als sich der Student, der sich vor der Leiche niedergekauert hatte, mit der Spritze in der

Hand erhob, sah ich offen vor mir das Geschlecht des Mädchens, das bis dahin von dem weißbekittelten Rücken des Studenten verdeckt gewesen war. Es schien munter, taufrisch und voller Leben, durchaus gesund und kräftig. Ich fühlte mich davon angezogen und betrachtete es fast liebevoll. Es erregte mich.

Ich schämte mich, blickte weg und wendete mich den Leichen in der Wanne zu. Ich glaubte, ihre Blicke im Rücken zu fühlen, und hatte ihnen gegenüber ein schlechtes Gewissen. Ich nickte dem Verwalter zu. Wir hoben eine Leiche heraus und luden sie unachtsam auf den Wagen.

Als wir den Wagen zwischen den Seziertischen hindurchschoben, stieß ich mit dem angewinkelten Ellbogen einen der Studenten leicht in die Hüfte. Der Bursche mit den wohlgenährten weißen Wangen, der mich bis dahin gar nicht beachtet hatte, drehte sich um und schimpfte scharf: »Passen Sie doch auf! Das ist doch gefährlich!«

Ich blickte auf seine rundlichen Finger, die eine Spritze hielten, und schwieg.

»Haben Sie nicht gehört!«

Ich schaute dem Studenten ins Gesicht, das leichte Verwirrung widerspiegelte. Sie verschwand sogleich, und er schimpfte auch nicht mehr. Mit übertriebenem Eifer kauerte er bei der Leiche nieder. Flüchtig sah ich die Klitoris des Mädchens wie den Keim einer Pflanze. Ich schob den Wagen weiter und überlegte, warum dieser junge Mann mich angestarrt und dann verwirrt die Augen abgewandt hatte. Tief in mir spürte ich ein heimtückisches Unbehagen aufsteigen.

Der junge Mann hatte verächtlich auf mich herabgesehen. Ich lud die Leiche absichtlich langsam ab und ließ mir Zeit beim Festbinden der Holztafel. Ich knüpfte die Schnur immer wieder von neuem, ohne mich darum zu kümmern, daß mir der Verwalter ärgerlich auf die Hände schaute. Diesem jungen Mann war mein Anblick so unangenehm gewesen wie eine Begegnung mit gemeinem Gesindel, so daß er sogar die Lust verlor, mich zu schelten. Rasch war er bei der Leiche niedergekauert, und offensichtlich um sich bestätigt zu wissen und vom Professor und dem Kommilitonen

anerkannt zu werden, hantierte er effekthascherisch mit der Spritze. Warum machte er das? Was sollte das heißen?
Ich band die Schnur fest und blickte dann auf das kleine Gesicht des Toten, der kurzgeschorene weißliche Haare hatte. Er hatte etwas Amphibienhaftes an sich.
Dieser Student hielt dich für einen von uns, schien er zu sagen, oder zumindest für einen, der zu uns gehört.
Vielleicht weil ich dich auf den Wagen geladen und hierhergefahren habe.
Nein, sondern weil du einen Gesichtsausdruck hast wie unseresgleichen. Heute morgen dagegen fühltest du dich dem Verwalter noch überlegen.
Ich kam mir so schmutzig vor, als könne ich mich nie mehr reinwaschen. Ich hatte das Gefühl, in alle Säfte meines Körpers seien leichenhaft stinkende Mikroben eingedrungen, die alles zusammenzukleben und zu versteifen drohten.
Ich hörte, wie im Raum nebenan die Tür geöffnet wurde und Schritte sich entfernten. Ich löste meine Hand vom Wannenrand und ging in den Raum mit der neuen Wanne

hinüber, in den der Verwalter mit dem Wagen schon vorausgegangen war. Außer ihm stand nur noch der Professor neben dem Seziertisch, über den ein nasses Tuch gebreitet war. Unter diesem Tuch begann das Mädchen mit dem Geschlecht, das so voller Leben gewesen war, in die Welt der Dinge einzugehen. Bald würde sie genauso wie die anderen Frauen in der Wanne in harte und schrumpelige, braune Haut gehüllt sein. Ich stellte mir vor, daß dieses Geschlecht dann niemanden mehr erregen würde, so wenig wie ihr Rücken oder ihre Hüfte. Diese Vorstellung gab mir im Innern einen leichten Stich.

Der Professor, der neben dem Verwalter in die Wanne schaute, drehte sich um und musterte mich von oben bis unten mit demselben Augenausdruck, mit dem er die Leichen betrachtet hatte.

»Sie sind ein neuer Angestellter?«

»Er ist ein Werkstudent. Er hilft beim Umsetzen der Leichen«, sagte der Verwalter.

Ich grüßte zögernd und bemerkte lustlos, daß in den Augen des Professors ein Anflug von Neugierde erschien.

»Ein Job also«, sagte der Professor und bewegte seine geröteten abstehenden Ohren. »Sie studieren bei uns?«

»Ja, an der Philosophischen Fakultät.«

»Germanistik? «

»Romanistik.«

»Ach«, sagte der Professor mißbilligend. »Über wen schreiben Sie denn Ihre Diplomarbeit?«

Erst nach einigem Zögern traute ich mich zu sagen: »Über Racine. Jean Racine.«

Der Professor zog das Gesicht in Falten und lachte schallend und kindisch: »Ein Student, der über Racine schreibt, als Leichenträger!«

Ich preßte die Lippen zusammen und schwieg.

»Wozu machen Sie denn dann die Arbeit hier?« fragte der Professor und versuchte, ein ernstes Gesicht zu machen. Aber er war noch kurzatmig vom Lachen. »Eine solche Arbeit?«

»Wie, bitte?« fragte ich erstaunt.

»Sie haben doch offenbar kein wissenschaftliches Interesse an den Leichen.«

»Ich wollte Geld verdienen.«

Wie ich vorausgesehen hatte, berührte ihn das zutiefst: es konnte nicht gutgehen. Er nahm einen harten Gesichtsausdruck an.
»Genieren Sie sich nicht, solche Arbeit zu tun? Hat eure Generation denn gar keinen Stolz?«
Warum war es nur so schwer, mit einem Lebenden zu sprechen! Jeder Kontakt mit den Lebenden entwickelte sich in unvorhergesehener Richtung und erwies sich als sinnloses Unterfangen. Der Professor schien wie von einer schleimigen Schicht umhüllt zu sein, und diese zu durchdringen und seinen feisten Körper wirklich mit der Hand zu fassen, mußte ungeheuer schwer sein. Ich fühlte, wie Müdigkeit sich in meinem ganzen Körper ausbreitete, und schwieg verwirrt.
»Nun, was ist?«
Ich hob die Augen und blickte dem Professor in das von Haß und Ärger erfüllte Gesicht. Hinter ihm stand der Verwalter und starrte mich mit unverhohlener Verachtung an. Da übermannte mich eine große Kraftlosigkeit. Dieses Knäuel von schwerwiegendem Mißverstehen war nicht zu entwirren.

Einen lebendigen Menschen zum Partner zu haben ist wohl nicht zu bewältigen.
Ich nahm die Bambusstange und kauerte bei der Wanne nieder. Unter dem Deckel schwamm an der Wand die Leiche eines Mannes mit kräftigem Nacken, der mir den Rücken halb zuwendete. Ich versuchte, ihn heranzuziehen, aber er rührte sich nicht. In meinem Rücken fühlte ich die Augen des Professors und des Verwalters. Ich schob die Stange unter der Leiche hindurch, um sie hochzuheben, aber sie war unendlich schwer. Woran konnte das liegen? Sie mußte irgendwo festhängen. Es ging nicht, wie ich wollte. Warum war sie so schwer?
Der Verwalter trat neben mich und schob die Stange, die er mir aus der Hand nahm, tief unter der Achsel der Leiche hindurch, indem er sie mehrmals leicht hin und her drehte. Die Leiche schwamm willenlos empor und wendete sich dabei um, als wolle sie die Stange von sich weisen.
»Sie können eben nichts richtig. Die Studenten von heute sind alle so«, sagte der Verwalter.
Ich blieb unbewegt bei der Wanne hocken

und wartete, daß der Tote sich näherte. Dabei fühlte ich unablässig die aufdringlichen Blicke des Professors in Nacken und Rücken. Der Tote hatte die Armmuskeln gespannt wie ein Mann mit schwerem Gepäck. Langsam kam er näher, das Kinn emporgereckt. Ich packte ihn roh bei der muskulösen Schulter, daß der Alkohol aufspritzte. »Fassen Sie noch fester an!« sagte der Verwalter, über mich gebeugt.

Die Arbeit ging mir nun schon viel besser von der Hand als am Vormittag. Die Studentin kam zurück, und unsere Tätigkeit ging geregelt weiter. Es ging schneller als am Vormittag. Der Verwalter zog die Leichen, die am Rand schwammen, geschickt mit der Stange heran, und in der neuen Wanne schob er sie, wenn sie sich vorn am Rand sammelten, mit der Stange weg und verteilte sie, damit wir die nachfolgenden Leichen leichter hineingleiten lassen konnten. Als es auf drei Uhr zuging, fing ich unter dem Gummimantel an zu schwitzen, und die Handrücken begannen dort, wo sie von den Gummihandschuhen berührt wurden, zu jucken. Von Zeit zu Zeit ging ich auf den

Korridor hinaus, öffnete den Mantel und wischte mir den Schweiß ab. Doch bei jedem unerwarteten kühlen Luftzug am Nakken erschauerte ich wie unter gefährlicher Kälte. Ab und zu nahm ich den Mundschutz ab, ohne mich um den am Grunde der Luft abgesetzten Gestank zu kümmern, und atmete die Luft voll durch die Nasenlöcher ein.

Die Arbeit schritt zügig voran. Schweigend arbeiteten wir weiter. Nur selten machten wir eine Toilettenpause. Dann zogen wir die Mäntel und Handschuhe aus und gingen gemeinsam auf den Korridor hinaus. Die Studentin brauchte jedesmal die längste Zeit und kam als letzte zurück. Jetzt kam sie den Korridor, in dem ich untätig wartete, zurückgelaufen und sagte vertraulich:

»Ihr Männer habt es eben leichter als wir.«

Ich nickte unschlüssig. Der Verwalter trat näher und wollte am Gespräch teilnehmen. Um das zu vermeiden, ging ich rasch in den Raum hinein. Die Studentin tippte mich an und brachte ihren Mund aufdringlich nahe an mein Ohr:

»Eben kam es mir vor, als drängten sich die Toten um mich und schauten mir zu.«
In der Nähe sah ich, daß ihre Augenlider von schwarzen Schatten umgeben waren und die Haut über ihren Wangen aufgerauht war. Ich fühlte meinen Körper von Müdigkeit wie von einem nassen Mantel umhüllt. Aber ich gab ein leises Lachen von mir.
Sie lachte oberflächlich und senkte ihre rauhen Augenlider.
»Außerdem erinnert mich der Klumpen aus Knorpel und Fleisch in meinem Bauch an die Leichen hier in der Wanne.«
»Sie sind erschöpft«, sagte ich, ihrer überdrüssig.
»Der Embryo und die Leichen, das sind beides eine Art von Menschen, bei denen der Körper keine Verbindung mit einem Bewußtsein hat. Es sind Menschen, aber sie sind nur eine Verbindung aus Fleisch und Knochen.«
Also sind sie gegenständlich, obwohl es Menschen sind, dachte ich. Ich tat, als hätte ich die Studentin nicht verstanden, und begann, die Handschuhe und den Mantel

wieder anzuziehen. Es störte mich, daß die Studentin, wahrscheinlich aus Müdigkeit, so geschwätzig geworden war.
»Das fiel mir nur so ein«, sagte sie abschließend mit plötzlich ernüchterter Stimme und fuhr mit dem Arm in den Gummiärmel ihres Mantels.
»He!« schrie der Verwalter aus dem Raum mit der neuen Wanne. »Sind von den neuen Nummernschildern nur noch so wenige da? Kommen Sie mal her und sehen Sie sich das an!«
Die Studentin rannte los, wobei ihr die viel zu großen Gummistiefel um die Beine schlugen. Auf dem braunen Band, das sich aus den Tropfen der Alkoholflüssigkeit auf dem Fußboden gebildet hatte, rutschte sie aus und fiel unter seltsamen Verrenkungen hin. Schweigend stand sie wieder auf, die Lippen fest zusammengepreßt. Ihrem Gesicht war anzusehen, daß ihr die Angst in allen Gliedern saß. Das Lachen, das mir schon in der Kehle steckte, verging mir.

Als es fünf Uhr war, hatten wir alle an der Oberfläche schwimmenden Leichen umgesetzt. Bis die Arbeiter der Universitätsklinik kamen, um die Alkoholflüssigkeit abzulassen, gingen wir ins Verwaltungsbüro hinauf und ruhten uns aus. Es hatte angefangen zu regnen. In der dämmrigen Abendluft sah der in Nebel gehüllte Uhrturm der Aula aus wie ein Schloß. Auch die Ziegelmauer der Bibliothek war vom halb durchsichtigen Netz des Nebels überzogen wie von gut gewachsenem Schimmel.

Der Verwalter und ich aßen belegte Schnitten zum Abendbrot, doch die Studentin aß kaum. Schweigend verbrachten wir die Essenszeit, während der Regen andauerte. Ich fühlte die Verdauungsbewegungen im Magen.

»Sie haben doch sicher Kinder?« fragte die Studentin unvermittelt.

»Was?« Der Verwalter war vewirrt. »Natürlich habe ich Kinder. Aber was soll das heißen?«

»Für die Kinder ist das nicht gut, wenn man in der Frühperiode der Schwangerschaft einen Schock erleidet, zum Beispiel, wenn man etwas Schreckliches sieht, nicht wahr?«

»Das ist sicher nicht gut. Aber so genau weiß ich das nicht«, antwortete der Verwalter nachdenklich. »Was wollen Sie damit sagen?«

»Nichts«, sagte die Studentin rasch, »nichts weiter.«

»Daß ich Kinder habe, ist doch nichts Besonderes«, sagte der Verwalter müde und mißgelaunt. »Mein ältester Sohn ist schon verheiratet und hat selber Kinder.«

Die Studentin bemühte sich, noch weiterhin Interesse an dem Gespräch über die Kinder des Verwalters zu heucheln, aber sie hörte nicht mehr zu, sondern war in Gedanken versunken.

»Als unser erstes Kind zur Welt kam, war mir seltsam zumute«, sagte der Verwalter. »Jeden Tag komme ich, die Verstorbenen aufzunehmen und zu hüten – das ist mein Beruf. Daß jemand mit einem solchen Beruf nun einen neuen Menschen erzeugt haben sollte, war sonderbar. Mir war, als hätte ich etwas Überflüssiges getan. Weil ich ständig die Leichen vor Augen habe, kommt mir so manches sinnlos vor. Wenn unsere Kinder krank waren, ließen wir sie nie vom Arzt behandeln. Aber sie wuchsen trotzdem kräftig heran. Und daß nun diese Kinder wieder Kinder bekommen, erscheint mir geradezu absurd.«

Die Studentin schwieg. Der Verwalter gähnte, daß seine Augen feucht wurden. Mit einem Ausdruck tiefer Resignation wandte er sich an mich.

»Wenn man all die Toten sieht, kann man sich nicht mehr richtig um die eigenen Kinder kümmern.«

»Das ist so ein Problem«, sagte ich.

»Die Leichen, denen ich in dem Jahr die Tafel anband, als mein erster Sohn geboren wurde, liegen immer noch unbewegt in der Wanne, mit unveränderter Farbe. Man kann sich ihnen nicht widmen.«

»Wem?«

»Man kann sich beiden nicht widmen«, versetzte er. »Aber manchmal habe ich doch das Gefühl, es lohne sich zu leben. Wie ist das denn für einen jungen Studenten wie Sie? Es ist doch sicher merkwürdig für Sie, bei den Toten zu arbeiten.«

»Merkwürdig schon.«

»Wenn man noch voller Hoffnung ist! Gerät sie nicht ins Wanken beim Anblick der Toten?«

»Ich habe keine Hoffnung«, sagte ich leise.

»Aber wenn Sie keine Hoffnungen haben«, versetzte er erregt, »warum gehen Sie dann auf die Hochschule? Wo eine so scharfe Konkurrenz herrscht, um überhaupt in diese Universität aufgenommen zu werden! Und warum studieren Sie überhaupt, wenn Sie dazu solche Arbeiten verrichten müssen?«

Ich blickte dem Verwalter in sein müdes Gesicht. Seine farblosen Lippen zitterten, und ihre Winkel füllten sich mit kleinen Speichelbläschen, während er mich ansah. Ich fühlte mich in einer mißlichen Lage. Ich hatte mich, wie vorhin schon, bei diesem Thema verfangen. Überzeugen konnte ich da nicht. Besonders von diesem einfachen Mann war kaum Verständnis zu erwarten. Was konnte bei einer Diskussion herauskommen? Man diskutierte sich die Köpfe heiß und so trocken wie eine Kehle nach zuviel Singen, und man kam doch nur wieder beim Ausgangspunkt an: bei sich selbst.

Überdies war ich mir selber ganz unschlüssig. Ich merkte, daß die anstrengende Aufgabe, zuerst mich selbst zu überzeugen, ungelöst geblieben war. Das verursachte mir ein Mißbehagen wie eine chronische Verdauungsstörung. Bei solchen Themen zog ich immer den kürzeren.

»Na, was soll das heißen, ›ohne Hoffnung‹? Sie sind doch aus dem Teenageralter heraus, wo man von Hoffnungslosigkeit schwatzt. Reden Sie doch nicht daher wie ein Mittelschulmädchen.«

»So ist das nicht«, sagte ich unsicher. »Man braucht keine Hoffnung zu haben. Ich will mein Leben gut führen und gut studieren. Das tue ich auch täglich, so gut es geht. Ich bin nicht faul. Um an der Universität richtig zu studieren, muß man seine ganze Zeit opfern. Ich bin zwar oft unkonzentriert durch den Schlafmangel, aber ich studiere gewissenhaft. Für ein solches Leben braucht man aber keine Hoffnung. Ich habe, außer in der Kindheit, nie mit Hoffnungen gelebt, ich hatte kein Bedürfnis danach.«

»Sie haben eine Neigung zum Nihilismus.«

»Ich weiß nicht, ob das nihilistisch ist oder nicht.« Ich ärgerte mich über die Studentin, die schwieg und kein Interesse für uns zeigte. »Ich bin einer der fleißigsten Studenten. Ich habe gar keine Zeit, Hoffnung oder Hoffnungslosigkeit zu pflegen.«

»Das verstehe ich nicht«, sagte der Verwalter.

Ich schwieg, entspannte mich und lehnte mich tief in den Sessel zurück. Über solche Dinge läßt sich nicht sprechen, dachte ich nüchtern, und das liegt nicht nur daran, daß mir die überzeugenden Worte fehlen.

Plötzlich stand die Studentin auf, ging in die Ecke des Zimmers und erbrach sich in ihr Taschentuch. Ich lief ihr nach und klopfte ihr leicht den verkrampften Rücken. Um das zu verhindern, drehte sie ihren Rücken weg und blickte mit feuchten Augen zu mir hoch:

»Es geht mir ziemlich schlecht. Vielleicht kommt es daher, daß ich vorhin im Keller hingefallen bin.«

»Ach«, sagte ich heiser.

»Der Unterleib ist wie abgeschnürt und schmerzt.«

»Holen Sie die Krankenschwester«, sagte der Verwalter.
Er ließ die Studentin auf dem Sofa Platz nehmen, und ich verließ hastig das Zimmer. Ich rannte die Treppe hinauf zum Schwesternzimmer der Medizinischen Fakultät. Ich fühlte, daß ich über den ganzen Rücken zu schwitzen begann, und die trockene Zunge klebte mir am Zahnfleisch. Eine ältliche Krankenschwester, die mir am Morgen den Gummimantel gegeben hatte, war dabei, Bündel von Scheuertüchern auszuwringen, die auf dem Boden lagen. Obwohl ich nicht mehr rannte, ließ sich nicht vermeiden, daß meine Gummistiefel auf dem Steinboden des Korridors ein schabendes Geräusch erzeugten. Tief in mir saß ein unkontrollierbares Gefühl der Unentschlossenheit und drängte mit Macht zum Kopf.
»Meiner Kommilitonin ist es nicht gut«, sagte ich und blickte auf das fleckenübersäte, fettglänzende kleine Gesicht der Schwester hinab.
»Was ist denn passiert?« fragte die Schwester, ihr fahles Zahnfleisch entblößend. »Ihre Kommilitonin, dieses Mädchen?«

»Kommen Sie, bitte«, sagte ich.
Während ich mit der Schwester die Treppe hinunterging, erklärte ich leise: »Sie ist schwanger. Heute nachmittag ist sie auf den Steinfliesen im Keller ausgerutscht, vielleicht kommt es daher.«
»Das ist gefährlich«, sagte die Schwester. »Eine böse Geschichte.«
O ja, eine scheußliche Geschichte, dachte ich. Die Intimität dieses Vorfalls war mir unerträglich.
Die Studentin richtete ihren zusammengekrümmten Körper auf. Um ihre Nasenflügel saßen unzählige glitzernde Schweißperlen. Sie war erschöpft und sah schlecht aus, ihr Gesicht wirkte unkonzentriert. Mir schnürte es die Brust zusammen.
Die Schwester legte der Studentin ihre weißliche, welke kleine Hand auf die Stirn und fragte: »Wie geht es? Haben Sie Schmerzen?«
»Ja, wissen Sie ...«, begann die Studentin erregt mit kindlicher Stimme.
»Kommen Sie mit auf die Station, dann lassen wir einen Arzt kommen«, sagte die Schwester zu mir und ging rasch hinaus,

vorbei am Verwalter, der an der Tür lehnte und mit unbeholfener Besorgnis auf die Studentin schaute.

»Kann sie noch gehen?« fragte er mich.

Ich schüttelte den Kopf und ging langsam mit der Studentin, sie an der Schulter stützend, auf den Korridor hinaus. Sie wollte sich gleich wieder niederkauern, aber ich hielt sie mit dem um ihre Schultern gelegten Arm fest. Als wir an der Treppe anlangten, bemerkte ich, daß sie die Zähne zusammenbiß und ein Stöhnen unterdrückte, und ich ließ sie niederkauern. Sie erbrach etwas Magensaft in ihr Taschentuch und warf es dann, schmutzig wie es war, einfach weg. Beim Aufstehen sagte sie mit verzerrten Lippen:

»Jetzt bin ich fast soweit, daß ich das Kind zur Welt bringen möchte. Als ich die Leute in der Wanne sah, kam mir die Überzeugung, daß ein Kind, selbst wenn es zum Sterben bestimmt ist, erst einmal geboren werden und eine richtige Haut bekommen sollte. Sonst bleibt alles in der Schwebe.«

Sie ist in einen Irrgarten geraten, dachte ich.

Ich sagte: »Da sind Sie in einer verzwickten Situation.«
»Ich bin in einer Sackgasse«, meinte sie ächzend. »Das habe ich kommen sehen.«
Auf der Station wartete die Schwester am Eingang des kleinen Zimmers. Ich blieb im Korridor stehen und sah voll Mitleid zu, wie die Studentin ins Zimmer geführt wurde. Dann schloß sich die Tür, und ich ging.
Als ich in das Zimmer des Verwalters zurückkam, fand ich dort zwei Arbeiter in der Uniform der Universitätsklinik, die auf dem Sofa saßen und rauchten. Und mit dem Verwalter, der mit dem Rücken am Fensterrahmen lehnte, war ein jüngerer Mann, wohl ein Dozent der Medizinischen Fakultät, ins Gespräch vertieft. Ich glaubte, die Arbeiter seien gekommen, um die Alkoholflüssigkeit abzulassen. Aber sie saßen untätig da und pafften ihren Zigarrettenrauch in die Luft, während der Dozent und der Verwalter aufgebracht diskutierten. Die Situation war seltsam. Ich trat näher.
»Das war ein Versehen der Verwaltung«, sagte der Dozent mit Nachdruck. »Es stand fest, daß alle alten Leichen im Krematorium

eingeäschert werden sollten. Das war auf der Professorenkonferenz der Medizinischen Fakultät unmißverständlich festgelegt worden. Ihre Arbeit für heute hätte es sein sollen, die Leichen zu ordnen und auf die Lastwagen des Krematoriums zu laden! Ich war der Meinung, daß die vorbereitende Arbeit abgeschlossen sei, und ließ deshalb diese Leute kommen.«

Der Verwalter war verlegen. »Wenn dem so ist, was geschieht dann mit der neuen Wanne? Sie ist gereinigt und mit neuer Alkohollösung gefüllt. Soll sie so ungenutzt stehenbleiben?«

»Darin sollen frische Leichen aufbewahrt werden. Überlegen Sie doch mal, es ist doch sinnlos, die unbrauchbar gewordenen alten Leichen erst noch in die neue Wanne umzusetzen!«

Der Verwalter starrte den Dozenten mit feindseligen und enttäuschten Augen an wie ein in die Enge getriebenes Tier. Um seine Lippen hatte sich Speichel gesammelt. Mit geballten Fäusten sagte er dann grollend:

»Sie nennen diese Leichen alt und unbrauchbar. Schließlich bin ich es gewesen, der die Wanne dreißig Jahre lang verwaltet hat.«

»Vom medizinischen Standpunkt aus muß man sie als unbrauchbar bezeichnen. Das heißt, daß man bei Verwendung dieser Leichen keine genauen Resultate erwarten kann«, sagte der Dozent, über den Verwalter hinwegsehend, zu mir. »Außerdem sind frische Leichen für die Medizinische Fakultät kein Problem. Und da vom Kultusministerium ein neuer Etat genehmigt worden ist, sollten bei dieser Gelegenheit die alten Leichen beseitigt werden.«

Der Verwalter hatte die Augen niedergeschlagen und schwieg nachdenklich.

»Na, da wollen wir mal mit der Arbeit anfangen«, sagte einer der Arbeiter und trat seine Zigarette mit dem Schuh aus, »auch wenn Sie sagen, daß noch nichts vorbereitet ist. Der Zeitplan des Krematoriums steht fest, und die beiden Lastwagen sind auch schon da.«

»Ja, fangen Sie an!« sagte der Dozent zum Verwalter. »Nun? Es läßt sich nicht ändern. Die Universitätsverwaltung hat längst geschlossen. Und morgen kommt eine Delegation vom Kultusministerium zur Besichtigung.«

Der Verwalter nahm wortlos seinen Gummimantel, und wir gingen die Treppe zum Keller hinunter. Die Arbeiter trugen eine Handpumpe und einen Gummischlauch über der Schulter, der immer wieder mit dumpfem Klang gegen das Treppengeländer stieß.

Wenn sich die Sache so verhielt, hatten wir also vergeblich gearbeitet, dachte ich. Doch da die Verwaltung für den Fehler verantwortlich war, mußte sie auch den Arbeitslohn bezahlen. Aber es konnte Komplikationen geben, und es konnte passieren, daß ich bei der Abrechnung der Arbeitsstunden zu kurz kam.

Ich eilte dem Dozenten nach und fragte: »Ich habe heute beim Umsetzen der Leichen in die neue Wanne mitgearbeitet, und dazu hatte man mich auch in der Verwaltung angewiesen, als ich mich um die Arbeit bewarb.«

»Was man Ihnen in der Verwaltung gesagt hat, ist mir nicht bekannt. Diese Arbeit war sinnlos. Es stand lange fest, daß die Leichen heute abend ins Krematorium gebracht werden sollten.«

»Jedenfalls ist dieser Fehler im Verwaltungsbüro gemacht worden. Wird der Lohn trotzdem richtig ausbezahlt?«

»Für eine völlig überflüssige Arbeit?« erwiderte der Dozent kühl. »Ich weiß nicht. Da müssen Sie den Verwalter fragen.«

Ich ging zum Verwalter, der die Treppe demonstrativ langsam herunterkam. Aber er wandte wortlos und verärgert sein Gesicht ab.

»Eine üble Sache«, sagte ich.

»Helfen Sie erst einmal die Leichen heraustragen. Über den Lohn können Sie selber mit der Verwaltung verhandeln«, sagte der Dozent.

»Aber ich hatte ausgemacht, daß ich nur bis sechs Uhr arbeite. Ich glaube nicht, daß die Überstunden extra bezahlt werden.«

Der Dozent gab keine Antwort. Er setzte rasch seinen Mundschutz auf und knipste am Eingang des Leichenraumes das Licht an. Im Schein der elektrischen Birne wirkte die Haut der Toten in der neuen Wanne

nicht mehr hart und verschrumpft, sondern schwammig aufgequollen, viel häßlicher und fremder als im Licht des Kellerfensters.
Der Dozent trat auf die Wanne zu und hockte sich nieder.
»Also, sehen Sie sich das an!« rief er. »Die neue Alkohollösung ist ja völlig verfärbt!«
Auf seinem Gesicht, das er uns zuwandte, schwammen rote Flecken des Ärgers. Barsch sagte er zum Verwalter, der nicht antwortete: »Dafür sind Sie verantwortlich! Das kann Sie Ihre Stellung kosten! Wenn hier bis morgen keine neue Lösung aufgefüllt ist, haben Sie die Konsequenzen zu tragen. Und die Kosten für die Lösung auch, die ist nicht billig.«
»Es ist aber gar nicht sicher, ob wir das bis morgen früh schaffen«, sagte einer der Arbeiter.
»Um so schlimmer«, sagte der Dozent mit Nachdruck. »Morgen kommt im Laufe des Vormittags eine Delegation vom Kultusministerium zur Besichtigung. Es steht fest, daß bis dahin beide Wannen, die neue und die alte, gereinigt und mit neuer Lösung gefüllt sein müssen.«

»Ich trage meine Verantwortung«, preßte der Verwalter hervor. »Wenn ich das Reinigen besorge, ist doch alles in Ordnung, oder?«

»Hoffentlich«, sagte der Dozent noch kühler und hob die Schultern.

Wir zogen die Gummimäntel und Handschuhe an und begannen mit dem Leichentransport. Je zwei Mann arbeiteten zusammen. Die Leichen wurden herausgehoben, durch den Korridor hinausgeschafft und mit dem Lift, der zum Anatomie-Hörsaal führte, hinaufgefahren und dann auf die Lastwagen des Krematoriums geladen, die mit der Pritsche bis dicht an den Lieferanteneingang herangefahren waren. Bei den Lastwagen waren noch andere Arbeiter, die mithalfen, aber die Arbeit war sehr schwer, und ich kam bald außer Atem. Mein Körper war in Schweiß gebadet. Es regnete unaufhaltsam, obwohl der Regen jetzt zu einem feinen, fast wie Nebel wirkenden Sprühen geworden war, und wenn ich beim Aufladen im Freien stand und mich in den Lastwagen beugte, wurden mir Nacken und Wangen naß. Es war sehr schwer, die Leichen fach-

gerecht auf den Pritschen der beiden Lastwagen aufzuschichten. Eine der Leichen rutschte den Arbeitern aus der Hand und kippte auf den Erdboden.
»Behandelt sie vorsichtig!« schrie der Verwalter mit vor Ärger zitternder Stimme.
»Diese Burschen sind Luxusartikel«, murmelte einer der Arbeiter.
Es war nun völlig dunkel geworden. Wir arbeiteten emsig, aber wir kamen nicht recht voran. Der Verwalter setzte sich mit verschränkten Armen auf einen der Seziertische, und nach einigem Zögern wandte er sich demütig an den Dozenten, der unsere Arbeit schlechtgelaunt verfolgte.
»Wir wär's, wenn Sie die Universitätsklinik anriefen und noch einige Arbeiter kommen ließen? Mit diesen hier schaffen wir es auf keinen Fall.«
»Rufen Sie doch an«, versetzte der Dozent. »Die Arbeit in diesem Raum untersteht ja wohl Ihrer Verantwortung!«
Der Verwalter neigte widerwillig, aber untertänig den Kopf und ging die Treppe hinauf zur Verwaltung.
Mir war klar, daß der Dozent nicht die Ab-

sicht hatte, in der Zwischenzeit mit mir zu zweit weiterzuarbeiten. Ich lief daher schnell die Treppe hinauf und ging zu dem Zimmer, in dem die Studentin lag.
Als ich die Tür öffnete, war die Schwester nicht da. Die Studentin lag auf dem Sofa, ihren kleinen Körper in eine Decke gehüllt, und drehte sich nach mir um.
»Wie geht's?« fragte ich.
»Ich weiß noch nicht. Die Ärzte sind alle beschäftigt und konfus, weil morgen jemand vom Kultusministerium kommen soll«, sagte sie und verzog das Gesicht. »Die Schwester ist deshalb in die Universitätsklinik gegangen. Die Schmerzen haben zwar nachgelassen, aber ich kann unmöglich aufstehen.«
»Sie haben die ganze Zeit allein hier gewartet?«
»Das läßt sich nicht ändern.«
Ich zog einen hölzernen Schemel zum Sofa und setzte mich.
»Die Verwaltung hat offenbar einen Fehler gemacht. Es scheint, daß die Arbeit, die wir im Laufe des Tages verrichtet haben, vergeblich war. Es sind Arbeiter von der

Klinik gekommen, die alle Leichen abtransportieren.«

»Was machen sie mit den Leichen?«

»Die sollen eingeäschert werden.«

»Also«, sagte die Studentin kraftlos, »also war das Umsetzen in die neue Wanne und das Festbinden der Nummernschilder völlig umsonst.«

»Ja, es ist fast ein Witz.«

Die Studentin drehte sich weg und lachte mit leiser Stimme, die sich an der Wand des engen Zimmers brach und schwach widerhallte. Auch ich wollte lachen, aber mein Gelächter blieb mir im Halse stecken. Ich zog die Decke wieder zurecht, die von der Studentin herabgerutscht war. Ihr Körper zitterte leicht unter meinem Arm, als fliehe das Lachen unter ihrer Haut in leisen Wellen davon.

»Da habe ich nun Buch geführt und die alten und die neuen Nummern auf sorgfältig gezogenen Zeilen zusammengeschrieben!«

Dabei wurde ihr Gesicht krebsrot von erneutem Lachen, das aber nicht zum Klang wurde, sondern unvermittelt in Japsen überging.

Ich stand auf. »Ob wir es schaffen, alle Leichen bis morgen früh auf die Lastwagen zu legen, ist noch nicht abzusehen. Was aus unserem Lohn wird, ist auch nicht klar.«
Die Studentin zog die Augenbrauen hoch. Ihr Gesicht wirkte wie klamm vor Kälte. Das Lachen war völlig verschwunden. »Sie stinken«, sagte sie plötzlich und wendete ihr Gesicht ab. »Sie stinken furchtbar.«
Sie blickte eigensinnig zur Decke. Ich sah auf ihren kräftigen Nacken, der schmutzig war, und unterdrückte die Worte: Sie stinken auch. Ihr Gesicht wirkte alt und erschöpft, sie sah aus wie ein kranker Vogel. Es wäre mir unerträglich, wenn ich selbst einen solchen Gesichtsausdruck hätte.
»Gehen Sie bitte raus, ich vertrage den Geruch nicht«, sagte sie.
Ich fühlte meinen schweißdurchnäßten Körper mit einemmal kalt werden. Ich schloß den Kragen des Gummimantels und verließ das Zimmer.
Vor dem Anatomie-Hörsaal traf ich den Verwalter, der gebeugten Ganges zurückkam. Er streifte mich achtlos und sagte resigniert:

»Es ist schon Feierabend, da können keine Arbeiter mehr kommen. Es wird schwer sein, mit den wenigen Leuten die Arbeit heute nacht noch zu schaffen.«
»Das läßt sich nicht ändern«, sagte ich.
»Sie können sich doch noch erinnern, daß Ihnen die Arbeit von jemandem aus der Verwaltung erklärt worden ist und nicht von mir. Merken Sie sich das gut.«
Ich nickte unschlüssig und löste mich von der schweren Hand, die mir der Verwalter auf die Schulter gelegt hatte. Ich betrat den Anatomie-Hörsaal und ging zum Leichenausgang hinüber. Wie durch ein Schalterfenster sah ich die Leichen mit den weiß hervorschimmernden Fußsohlen in mehreren Lagen übereinander auf der Pritsche des Lastwagens liegen. Sie wirkten sehr fremd. Ich strengte meine Augen an, aber in der Dunkelheit konnte ich die Nummernschilder, die wir an den großen Zehen der Toten festgebunden hatten, nicht erkennen.
Der Lift kam mit leisem Rollen herauf, und die Arbeiter trugen weitere Leichen durch den Transporteingang hinaus und verluden

sie wie Schachteln. Aus einem dunklen Winkel, der von der Lampe nicht beleuchtet wurde, kam ein kräftiger Arm hervor und schob die Leichen auf die Pritsche des Lastwagens. Die Toten bewegten sich etwas und drehten die Fußsohlen zur Seite wie beim Öffnen eines Fächers, bis sie festgerüttelt wurden.

»He, stehen Sie nicht herum«, sagte einer der Arbeiter zu mir.

»Was?« fragte eine mürrische Stimme unter der Pritsche des Lastwagens hervor.

Ich ging in den Korridor hinaus.

Ich war mir bewußt, daß ich die ganze Nacht durcharbeiten mußte. Die Arbeit fiel mir schwer und war mir lästig. Überdies würde ich danach, um meinen Lohn zu bekommen, selbst zur Verwaltung hingehen und unangenehm verhandeln müssen. Unmut stieg mir in der Kehle auf wie eine Geschwulst und kam nach jedem Schlucken wieder hoch.

Ich stürmte die Treppe hinunter.

# Japan erzählt

17 Erzählungen

Herausgegeben und mit einem Nachwort von
Margarete Donath in Zusammenarbeit mit Diana Donath

Band 10162

Alles Geschriebene genießt bei den Japanern seit Jahrtausenden große Verehrung. Diese Tradition lebt auch weiter, seit Mitte vergangenen Jahrhunderts die Schwarzen Schiffe des amerikanischen Kommodore Perry das fernöstliche Inselreich für den Westen öffneten. In Anlehnung ans Abendland entdeckten Japans Autoren plötzlich neue Sujets und neue Schreibweisen. Nur: Europäer und Amerikaner nahmen, von Fachleuten abgesehen, von diesen Schriftstellern kaum Kenntnis. Die beiden Japanologinnen Margarete und Diana Donath haben als kleine Handreichung zum Kennenlernen diesen Band zusammengestellt, der sich ausdrücklich auf Texte beschränkt, die in unserem Jahrhundert erstmals erschienen sind. Es geht in diesen Geschichten etwa um Japans Rolle während des Zweiten Weltkriegs und um Fragen, wie es denn mit dem immensen Zivilisationssprung von einer mittelalterlichen Feudalgesellschaft zur führenden Industrienation fertig wird. Alle Beiträge dieses Bandes wurden aus der Originalsprache übersetzt, einige erscheinen erstmals auf Deutsch.

Fischer Taschenbuch Verlag